空を見てよかった

内藤礼

ひかり　あさ　まばたき　ふとん
りんご　やま　かけあし　のはら
ことり　かぜ　きのぼり　ともだち
かえる　みず　くちぶえ　ひだまり
はな　くうき　ひるね　ほっぺた
うた　にじ　かざりつけ　ひみつ
こだま　みち　あしあと　どんぐり
あかり　まど　えくぼ　たまごやき
まぶた　よる　いのり　ほしぼし

あま　つち　ゆび　あし

ゆめ　はは　ふくらむ　くすくす
あす　わたし　うまれる　くすくす

おはよう
おはよう
おはよう
おはよう

なににもならなくていいよ　おいで

広いどこまでも広い
きらきらしたところに出てしまい
その日々
わたしはたくさんのひとに会いました
名前を覚えると　声にして呼んでみました
待ちわびていました
呼ばれると　返事をしました

ひとがこんなにみな　ひとりびとりで
そのとき泣かない
ひとりびとりを見るひとりびとりは昼
空の下まっすぐひとりびとりは昼

たいせつにその服を着てその靴を履いている

待ちわびていました
呼ばれると　返事をしました
わたしはお母さんから生まれました
それからよくほほえみました
たくさんのひとがいました
明るいひとがそこにはいました
明るさとはなにですか
ひとが明るい

見れば風景はゆきわたっていて
この生はわたしの先にあり　そこにそっとされていました
どこからともなく流れて来るおなじものに　たがいにくるまれていました
秘密の無垢のなかに　いつからか信じてあふれていたのです

花は咲きほころび
鳥たちは飛びまわり
雨はそそぎつづけ
みななにものでもなく
さらさらおしみなく
ただそこにじかにふるえ
すべてそのちからふるわし
そこから
わたしは明るいひとを見ていました

なににも見えない一個の異なる全身が
言わず　奥から立ち上がり
ひとのものが
いっそうたけだけしくはかり知れない
日に添う体は　日をそらさず　あらわにそれとして持ちうる

そして
日にそらを開いては
そこらにいよいよたのしく晴れわたり　澄みわたりながら
むすうに分かれ放たれ　尽くされてゆくのだ
ゆるやかにはらはらとこぼれ落ちるあわれなうつくしいものを
うすくひかるしずくに温み濡れそぼち
わたしはいっしんに見ていた

知らずに発露し息づいて　明るいひとがしずかにいる

じっとした。私のほんとうの中心からいちばん端まで、私のあらゆるものは、気づくと、いっせいに一体となってじっとした。何かわからないが、いつものけしきは、それとはまったく隔たる他のけしきだった。いちまい脱いで裸になり、しずかにすきとおっていた。ためらいを知らずのびやかにしていた。とほうもなくするどくしていた。そのあまり、濃密にすみずみまでいきわたって、とても貴重なものとなっていた。こんなになってしまっては、もういまにもちりぢりになってしまうのだろう。私にはまたわからなくなるのだ。ついにひとつのいのちをかんじるとこらえきれなくなり、身を投げ出そうとおもった。けれど、じっとした。見つめた。そのものは、そこにそのように続いていた。私は眼をつむっているときするように全体をかんじ、そのものは、私を映し入れるように、つむった眼が押しひらく輪郭をもたない全体として続いていた。たがいに慕わしいとおもった。

そのものに、ただいちどの始まりはあっただろうか。始まりに、ただひとつの外はあっただろうか。そのものは始まっていたのだ。始まると、その始まることを続けたのだ。始まるということが、そのもので、始まることが続いているそれじたい、そのものだった。始まることのうちから、あまたの始まりはつぎつぎ生まれ、おのずと続いた。何もいわず、どうするでもなく、ただそのようにする。私はそのものから投げ与えられ、地上で口をつぐみ、なおもそのものを背後にして、そのものの内部にて、そのものに向くことで、身を投げ返すのをまぬかれて立つ。

気配はあるのに、見あたらない。ひどく引き伸ばされている。大きすぎる。小さすぎ、薄すぎる。遠ざかりすぎているのか、接近しすぎているのか。すばやすぎる。それでは遅すぎる。弱すぎるのだ。力でありすぎる。輪郭が、目的が、完了が見えない。そのたびに新しく、そのたびに見たことがない。あまりに長いあいだ続いているうちに、もうないもののようになった。それなのに、それをいつまでも見続けるので、もっとないものになった。なるべく気づかれないように隠れているそれは、私ではない。おそらくただそのために、ついにはその気配に気づく。そのものは見つめているのではないか。

ちりばめられた断片はさちといい、さちに名はないという。いちどかすかにまたたき、やがてそこからなくなるという。そばにほんのひとかけら、遠くにあわくひとすじかすめゆく。たえず動き、流れ、揺すられているので、どんなに望んでいても、その瞬間はいまもうまもなく終わる。なにもかもがそんなに長く続かなくて、かき消される。そうであっても、いくらかき消されても、むしろそうであるがために、そのうちに安らう。わからないものやおそろしいものと出会うと、たがいにまかせあい、そのように親しみ、慈しむ。もしも、じぶんのなかにかれらを見つけたとしても、じぶんはもともとじぶんのなかに棲む他のものなので、このままかれらをつつみ入れてもいいのだし、ひとつであってこわくはない、どちらにしても変わらない、とこたえる。気配をつたえる小さな断片は、そのようにおのおの続いているものにゆだね、なにものをも拒もうとしないので、私には、気づいたときにはよけいに消えかかっているようにみえる。ひらいた眼をもういちどまっしろにひらいてみると、そのましずかに、それはほんとうによろこばしくも、いつもすぐさまかなしい。このとき、すべての方向より、私を突きぬけて流れ去る断片の、その奥ふかく、すきとおったところには、続いているものが茫洋と横たわっている。

ふいをつかれ、振り返り、立ちすくみ、眼をいっそうひらくとき、私の見ているのは、つねにただ私の見ているものではない。それは、他のあなたの見ているもの、かつてあなたの見ていたもの、すでにいちどならずふかく愛されたものであるのだ。あらゆるものが全体のあいだで姿をもとに戻すとき、その現われはたとえようもなく豊かで、しかもかぎりなく単純で等しいものとなっていく。それは続いているものがすけてくる姿である。そして、そうなればなるほど、どうしてなのだろう、それを見ているこのひとりの私のうちに、そのすきとおりあらわになるそのものとともに、そのさらなる内部に、どこからか数えきれぬ名のないあなたがそれぞれしんと黙って現われてきて、そっと、私をあふれるほどいっぱいにしてしまう。このことなのだ。そのものをかんじる瞬間に、かならずといって私に起こる耐えがたい動揺とは。この動揺は、私を地上の空中の真のむなしさへと導き、そして、それだからこそ、私は果てしなく全体へとほどかれ、あらゆるものと結ばれ、入れ替わりもする、守られて自由な、名のない小さなひとつのみちた断片となっていく。それはあまりにほんとうのことなので、もう何か、いっさいの何かがじじつ終わってしまったのだ、と私はおもう。その終わった何かを、どこということもなく、どうするでもなく、ただ見つめるほかなくなり、私は何もいわず、どうするでもなく、ただそのように。ここからふたたび、名のないさまざまな眼とともに、生きている力は、願われて、そのものを探し、そのものを見つめ返す。

花が。動物が。ひとが。はなればなれになって、動いている。かぎられた形をもって、その内部をみたしている。ぐんぐん歩く道。踊る空気のひろさ。聴こえるはなうた。布は風にふくらみ、やがて降りてくる。鳥は光のなかに円をえがきひるがえる。海に夜が。岩に雨が。雲に空が。土に闇が。口にしただけで、私はもうそのものに駆けよったようにうれしい。何もいえないときも、ただうつくしいといえた。ちりばめられた断片は、生きているあいだ、たがいに押しよせては交わり、せいいっぱい息づき、瞬間を分かちながら、ともにそのものに近づこうとしているようにみえる。たがいのあいだの、わからない距離にふかまる、そのあるかなきかのすきとおったところへ、生きながらみずからを放ち、戻し、みずからを離れ去ることによってみずからのたましいに戻ろうと。戻る幸福。それは一瞬ではあるが存在する。そこに、地上の光景。しかも、風景ではない空間。無名のそのもの。

世界は持続している。私ぬきであろうと。その幸福を知ったとき、私はもういちど私を与えられていた。

まだ暗いうちに目を覚ましてしまい、ある空間を前にすることになる。

そのぼうようとしたひろがりは、夜の闇をわずかに残している。いまゆっくりと訪れている、ひかりという明るみが、闇と深いところで、音もなく交わりはじめている。ひとりきりだった夜が、内側から青く澄んでゆく。それは、窓の外に、まだ見ぬ永遠のようにゆきわたり、遠くの木々や屋根をそこにそっと沈め、色という色を隠し、音を吸収しながら、わからないくらいちいさく揺らいで、またひそやかに自身におさまる。そのつど波が生まれる。木も屋根も目をとじて、その動きを見守っている。いちめんにひろがる波は、ここまで流れてきて、そこになにかがあることを確かめるように、一部屋ごと、つぶさにたどってゆく。それはわたしにもおよぶ。わたしはそのひろがりにやさしく含まれ、おなじこまかな動きをして、もう別の場所に流れているかもしれない。それともわたしはすっかりそれに通りぬけられた後なのかもしれない。町は息をひそめている。鳥は硬く内にこもっている。みなすべての昼を忘れている。そしていま深くさっしている。ここに、ある。よるべなさよりもよるべない、つよいもの。あるのは現実だ。これがあって、このほかではないことに、身をうたれる。それは、つねに自身を超え出るひろがりでしかなく、自身をあきらめ、ときごとの動きの上にやすらっている。

ひかりは純粋だった。動物のまなざしは純粋だった。果物の色は純粋だった。ひとの体温は純粋だった。

別の日、わたしはふたたびある空間を前にする。

まだみな眠っているのに、おもてでは、ごうと、はげしい音をたて、降りはじめている。雨はいつもひとをそこに置いて、さきに降りはじめる。とうとうと、つよく、つよくあふれる。これはもう、量でもなければ、雨でも耳でもない。どうしようというのだろう。こんなにも、道を打ち、屋根を打ち、葉を打ち、打ちつくす。ただみな、ひとしく濡れ、ひとつに浸されてゆく。水平線に、とほうもなく水が飛びはね、光って、宙を幾方向にもつき破る。この世の雨。音はすべて、打つ音としてはじけ、それはいよいよ限度をこえて重なり、かつて音だったというものから離れてしまうと、生まれ直そうとして、しずかな耳に入ってくる。わたしは、音でも水でもない、姿なくようようと生きて動きまわるもののざわめきにつかまえられ、ふと、遠のいた。ああ、あの、空という、見失うほど高く、そそり立つ、雨のはじまりのとき、ひとつぶひとつぶ落ちてゆく、ひろびろとした風景にいま、どんな音がひびいているのか。そこにはなにもないから、水は水とだけ、ただささびしくぶつかりあっているのだろうか。

ひろがりは、くらさと、青白さと、よわいひかりと、そのひかりを受けてまたたく水に、いっぱいに満たされている。水は時間をくるわせるように、早くなったり遅くなったりしながら、まっすぐ降りる。ときどき、水は、水とふれあい、どこかに散る。どの音も、なんとすばらしいのだろう。わたしはなににも気づかれないように、耳を澄ます。でも、この耳がそこにあるかぎり、わたしは純粋な音を聴くことはできないのだった。考えるのをやめて起き上がり、窓を開ける。

世界は迫る。その心を逸らさない。このほのくらいひろがりは、時や場所を思いださせない。どこにもわたしを連れださないで、とどまらせる。そしてここにあるのは、ゆいいつ動きだ。雨音はたじろぐほど大きくなまなましくなり、水を追い、追い、こちらにむかってくるようだ。そんなはずはないのに、しぶきをたっぷりと感じる。ただその豊かさに、口をつぐみ目をとじる。

窓に足をむけて、ゆっくりあおむけになり、目をとじる。頭の先から地球の中心に、するすると引かれてゆく。体と意識が、あった場所から抜かれて、ここにわたしが残る。

雨が降る。わたしはじかに雨の下にいるとおもう。ひとつぶひとつぶの水が無数に、精緻に、体を打っているとおもう。だんだんと、体は、そうだろう。冷たいだろう。温かいだろう。

　この体は雨に打たれるべきだったのに、どうしてそれをしてこなかったのかわからない。ここには雨があり、わたしはその中に立つことができる。木はそこで打たれている。花も岩も打たれている。動物はどうしているだろう。みんなどれだけ力を増し、心を深めたことか。屋根の下にいるのは、いいようもなく侘しい。

　いますぐ水のようなものをたくさん口に入れたい。それが冷たく甘ければ、体の中はさあっと流れるように悦ぶだろう。一房の葡萄を手にし、きれいな緑いろの粒のちいさなふるえを見る。雨に意識をあずけて、粒を口に運ぶ。この甘い命は、遠い雨のかわりに、尊いものとして、わたしの中にまるごと入っていく。あふれるみずみずしさは、わたしのふるえに変わっていく。わたしに、いつもはないたけだけしさが生まれ、見る間に食べつくしていた。

　ただそれだけのことしか、こころに浮かばない。なにかを思いだすように、わたしは、そこにある。わたしの前の、空間の本来に、受けとられようとしている。そこを、ひとりでくぐりぬけようとして。

たえることなくむかう力が、わたしの中のもっとも見えないところからしずかに湧きあがる。その力が、わたしであることを保ち、わたしであることを諦めさせる。そして、わたしはできることなら愛したいと思うようになる。

闇はまだそこから失われてはいないし、明るさもそこに入りはじめている。

シュクフクウバウコトノデキナイソンザイホンライ
ソシテ
シカモナオチジョウノ

そこにいて私は泣いた。

ここにはもうすでに空間があるというのに、なぜそれに触れようとしているのだろう。なぜものを置こうとしているのか。なぜものをなのか。変化をなのか。そうではない。この世界に人の力を加えることがものをつくるという意味だと言うのなら、私はつくらない。

この世界にあるものとあったもの、そしてまだないものと助け合うとはどんなことだろう。私は、この世界にはほんとうはあるのに、何かのかげになって見えなくなっている名づけられぬ純粋といえるものが、ふいに人のそばに顕れてくるのを、それがどんなになにともわからないものであっても、いやむしろそれだからこそ、疑うことなくこの眼で見ようと思う。そして、それが本来、人とけっして無縁ではないことを知ろうと思うのだ。

このとき、神秘はよろこび、私の中心にその幸福はしみわたる。

空は晴れていただろうか。陽の光は、こうした奥まった小さな場所の足元の土ひと粒ひと粒ですら、反射をくりかえし弱まりながらも、包みこむようにていねいに照らしだそうとする。あるとき、この土の上に、仲間と力を合わせてつつましい家を建てた人がいた。その人は暗くなるとここで眠り、目覚めると海へ出て働いただろう。誰が住んでも何があっても何もなくても、日々をつなぐ夜と夜明けと昼は来た。さらさらさらと、葉擦れは通りぬける風の軽さとすがすがしさそのものだ。鳥の声と人の声は、ここにいます、と、そのかけがえのない瞬間のなかにいることの、静かなよろこびと安堵の響きとして、同じように聞こえ、それはそれだけで美しい。大切な住処へ戻る足取りは、つぎつぎに細い影となってここまで届き、一瞬、私の身体と小さな出会いのように重なり合う。もうしばらくして私がここを離れること。それは、もうひとりの人、私ではない人がここへ入ってくるかもしれないということだ。明日、新しい人はかならず生まれてくる。

いったいどうしたというのだろう。黙ってどこからか際限なくもたらされるものがある。それは、外はないのではなくある、という驚きを私につたえる。そして人は、この世に、それが名も知らぬ死者であっても生者であっても、あるいはこれから生まれてくる人であったとしても、じぶん以外の人がいないのではなくいる、という事実によって、ただそのことだけによって、強められることがあるのだ。外を見いだすこと、それは、外と私の抱える内という得体の知れぬものが、じつはもともと結びついているひとつのひろがりであると知ることであり、そのことによって、私が内からも外からもあけはなされていくことにほかならない。そのとき私は、今がいつであるとか、ここがどこであるとか、私が誰であるとか、そういうことはもういいのではないかと思えてくる。たしかに、存在は休息であると私は言おう。

名前を知らない、けれども説明しがたい親しみをかんじる人のまわりを、誰のためでもなく、みずみずしい光や風や水といったものがいつまでも流れている。なにひとつとして欠けてはいけなかったのではないかと思う。そう思わずにいられるだろうか。この私もまた、どこからか微少なひとつひとつによって、ここまで運ばれてきているというのに。私から流れたのは愛だったろう。

生まれたばかりの子供は、立つことができない。そのことを知っていてもなお、わたしの眼のなかに、地上をめがけ、たったひとりで着地しようとする子供が、映っています。足が地に触れるそのとき、子供は、みずからの影のもとに、ひとつの空間を見いだします。この、どこからかもたらされたわずかな空間を持ちつづけることの、孤独と幸福に、わたしはおののいているのです。

シュクフクムジョウケンノソンザイヒトリデニ
ソシテ
シカモナオチジョウノ

土地、闇、光、そのどれもがそこに、わたしが足を踏み入れる二百年前、誰かが家をつくろうと同じ場所に立ったそのとき、すでにそのようにあった。その断片を注視すると、なにひとつ、いつといえるものもどこといえるものもなく、闇は、昼のあいだ光にすべてを隠されていた。見渡すと、いちめん闇は野性を自由にたゆたい、それは懐かしく、ひとをふかく安心させるもので、そこから光の側に出ることのほうが、はるかにむつかしかった。

生まれて来るひとはひとり、足をそろえ、足先だけを見つめ、それは一心に降り立つ。と、そのためらいのない着地に、はからずも自らの影とともにひとつの空間が生まれ、以来そのひとは、ごくわずかな広さともいえない、けれども、永遠に独自の、立つための地上の大きさを受け持つ。ああと泣くときも、ああと笑うときも、手放さない。大人になると少し広くなっている。けれどもたいしたものではない。そのようなところを経由して、生は次の瞬間に呼び出されている。

ひとりになると気配をさっした。道や空や土からの、いるものといないものの茫洋たるようす。わたしは見えないことに助けられ、かれらの生をおなじつよさで思い、また思い出した。やがて、ひとりでいることに平安が返された。さあっとものが光った。この外にはわたしをのぞくすべてがある。じぶんではないものが生きているのが平安だった。闇に息をしずかにはいた。世界はきょうをのびやかに過ぎていく。わたしはその圧倒的な自由に眼をむけた。

闇とも　光とも　いえない
もう　内とも　外とも

わからない深さのなかに
結びつきを　とりもどす

ふるっとなにかにうながされていっぱいになったつぼみは、そのささやかな空間をひらきはじめると、ゆるゆる外に触れながらなにもかもをふるわし、内から外をくるりと抱くようにして、内のまま外よりもうひとつ外という新しい空間へと変容していった。ひそやかな反転。そよぎ。向うの花。私はこちらにいて花の秘密をおもい、そのまま目は花になってそこから私のそれしかないこの世の小さな生を見ることになった。なるごとに入るごとに生まれ出るごとに。

昼を深深と暗くして息をこらし、ものと明かりとに手を伸ばしそのまわりまで心をひろげる。その空に持ち上げ、ほんとうの場所をめざし、ついにそこに降ろすのは繰り返しよろこばしいのだった。ものと明かりはそろって現われ、小さな姿だけ増した明るさとひとつひとつにそなわる影を確かめてまわり、ああけれどもなにも明らかということはなく見えることは名さえないが切なることだと目をつむり、目を超えるはるかな空に引き寄せられていった。

そこに源がひとつでもあれば、分かたれる。源はほうぼうに別れ、無縁のものにまっすぐ流れつく。明るくされたものはつぎへ知りえた明るさを独自につたえる。おしみない動きはえんえんとゆきわたり、どんなに目立たないところまでもつつんで、いっぱいにふくらんだ震える生気のひろがりになった。変容。のりうつる精霊。笑いだしたり泣きだしたりするときのことを思いだす。けれども、どの動きの寸前にも、そこには別の濃密がさきに満ちていたのだ。

天使は一心に、手を伸ばす。修道士の最期の手に。その空の下、動物たちは寛ぎ、はっとし、走りだす。ある日ふと、修道院の壁画の小さな彼らに、生命を思った。ひとりひとりは固有の生者であるよりも、壁を超えでる自由な無数の生者であり、それは死者だった。私はようやく地上に呼び出されたような気がした。そしてそのとき回収されたのだ。死者により地上の光景は一変した。もうどうしてそれまで彼らがいなかったのか思い出せない。思い出せないのだ。

そこから人の姿を探し、それがなにものでも、ある姿だけ枕をつくろう。布を切りとり、糸を針に通し、ちくちく縫う。鳥や牛のことは。かれらはそのひとつの場所をいらないという。天使もそういう。ちくちく。死者のない大きさと、この手のひらの枕。枕は手からぽろぽろ離れおち、さんびゃくよん数えられる。消えた風景には光、光には枕が照らされる。姿かたち、そしてさんびゃくよん、そしてひとつ大きさとしてみなやすらい、それは不確かさに屹立して。

くさり編みをした糸は一本の線でありながら空気を抱くひと連なりの空間です。よく撫でた木は空気とも撫であい、立つそのとき空間に受けとられます。みな空間に返ります。再びモノが強められ！　見ている私だけでなくそのすべてを内包するモノにも同じ事が起こりはしませんか。その取っ手に誘われるのにひらかない。だが見えないことは支えとなる。未知を預かっている。扉の上の地上。こうも燃焼し続けるさま。杖を扉に、くさり糸を取っ手に添えて離れた。

こまやかな光や色を招きいれる窓も、なにもかもを支える床も、その空も、もうないとは。私はそこで幾十日を過ごし、壁をのぼる鼠や幽霊の噂に心を躍らせた。いろんなものがいて、たくさん人が働いた。あの足音や話し声と、ほかの何かが去った。建物が壊される前に、その片隅にひとりになる所をつくった。入ると、私と白い所は総体であり、ひとつの息をする。もうすぐなくすというぼんやりした思いを胸に、すべてから身を隠し、そのすべてを身近にした。

体を小さく、横たえる。膝は胸に、指は足先に届くくらい、丸く。体は何かに接しているように。少しでもいい。心がどこかにおさまるように。きびしさの支配が表出させる光景。その体は真白い膜にうすく覆われている。呼吸をし、光や音を、誰とも知らずに声を受けとるためだけにそこにいる。働きかけない。黙す。生まれる前の空間につらなっていく。生きたのち、と言ったとき姿する空間にもまた。そうしたところでしか訊ねえないことと、空の青。

私には見えないけれど、そこには世界がある。玉は澄み、日々から流れだす光景をつぶさに集め、そのままつややかに発している。そこにひとつだけないものがある。玉は自分の姿をそこに映せないゆえ、自分であるらしい。その姿はまわりじゅうの玉に見いだすことになる。目は補いあう。愛のように。何もかも見分けがつかないほどにひとつだ。すべてが見えるわけではないのに、そよそよとすべてを見てしまう。そのことにはどこか限りないなぐさめがある。

そこにあるだろう。日の光が。真白になった、面か間かわからないのに前をむいて言いきるもの。水の肌触りも土の舟形も、鏡を行きかう光景も、届かずよくは見えなくとも、そこにあるだろうとおもう。あると知っているのと信じるのは違う。わからないものが見えているのは恐ろしい。感情を生むそれが私ではないことに打ちのめされる。この隔絶を自然といったり無力といったりするだろう。続けてそれを、生きていることそのものからくる美しさというのだろう。

いつもすべてが目前に寄せては返す。　土も水もどこにでもあるものです。そこにあったものをこね、舟にしました。その日は皆に舟を分けました。池に行くともうあめんぼや蛙が日に照らされていました。池の中には他のものもいたでしょう。底は果てるでしょう。そこにはもっといたに違いありません。さあと舟に魂を乗せ、池に送り返しました。水面を漂う舟が不意をついて溶け落ちるたび、あちこちからわあっと声が上がりました。誰もが誰よりも控えめでした。

なにもなく、水のあったところに、放るように息を吹く。途端、あるあたりに輝くふくらみが生じ、みるみるむこうへ走り出した。波、と気づいてのち、後を追う。私の息であったものが、先を行き、それを追う私とは無関係に、いまそこに動いている。途中、消えた。消えない。見失ったのは私のほうだ。生気が見える、と夢中になり、次に来ることに知らないふりをした。必ずそうした。世界との接触は、見えなくなる時のふちにあっただろうに。

ゆっくりとそうなっているのよ。人間よりも山のほうを近く感じるの。聞きながら、うすうす気づいていたある道の入口を、はっきり眺めたようにおもい、納得もした。そのころわたしは、果物は丸ごと食べることや、雨のときは窓を開けること、山は見るだけでなく歩くことを覚え、空から来るものはもう見つめられないほどになっていた。海を探し、その無際限にせめて息を放った。ようやく言えるようになるかもしれないことばが、体に育ちはじめていた。

海から、どこへでも行ってしまえと投げだされた水は、ここまで来て、この足を洗い、そして返っていく。その返るさきに同じ海を見て、私は恐ろしいと思った。美しい動きは美しい不動とひとつで、それは自由であることだった。海は私になにも望んでいなかった。でも私はその縁にとどまった。海が海であればそれで救われる。そしてそうしたものほど、もはや空間でもないところへと人を突きだす。そこへ息を吐くのだ。息は吐かれると、見せるのだ。

興奮を言葉にしないでその力を手に譲りわたし、ほかのものになったように純粋になって生きた貝を叩き割り、分泌液を採り、染めをする。力は太陽を浴びたとき解放されてなくなる。貝は死に、こうしてすべてを忘れさせるきれいな色がおもてに現れる。これは精霊。隠れていた生がものに乗り移るさま。そこに、ずっとむかし人は精霊を見たのだろう。そして空の陽光と風に起こることについてのゆるしをもらったのだ。わたしが手を動かせるのはそのためなのだ。

どんな力で放ってもそれはどこにもゆかないのです。それは布をほどいたすこしの糸ですし、太陽と貝のあいだをわたる運命の色ですし、空よりもひろい、ちいさな空間です。だから礫はどこにもない。ないのです。けれどそこには礫があります。　それがなにであるかはほんとうはいい。なにでもすばらしいのだ。それよりも、そのなかを通りきったところに、人間の夢を望む。そうしていないとこうして目を明いていられないのはいったいぜんたいどういうことだ。

それはわたしにはまねできない優しさで砂粒を撫でている。風がふいに、まわりを鳴らして、ぬける。ちからを受け、溜め、ついに受けきれなくなる。倒れはしない。離れる。受けた重さからもじぶんの重さからも離れ、浮く。それからは、一日風とひとつで、くるくるくるおしく舞い、かとおもうときゅうにふかぶかと静まり、空と陸で、好きにされ好きにしている。わたしは庭や座敷の隅からぜんぶ見た。ちいさな黄色の花びらがかさりかさり。昼が過ぎていた。

図は地に、地は図に、さあっとさらわれる。見えるところでも見えないところでも見えたり見えなかったりするところでも。何がそこにあるわけでもないし、ないわけでもない。（くもり空がこの窓のむこうに広がっていてどこからか風が出てきました）どこということではないし、なんでもないほうがいい。布を下げるとゆれて透きとおっていた。どんどん下げて近づいたり離れたりしてみた。思わぬふうに動きまた元に戻った。それだけのことだ。それでよかった。

見ているとき、わたしはそこに何かを確かめようとしている。受けとる準備はできている。でもその前に、それはむこうがわで霧散する。外からそれが来てしまうと、わたしがさきに持っていたそれは、失われるのかもしれない。そのまま待つように、それはうながす。わたしは待つように、見る。それがわたしではなく、わたしの前にあるから見る。毎日、わたしの前にあるわたしではないものを、考えるのをやめて、思いだすように愛している。

目が明くまえも明いたあとも、そこにはかならずひとつ広がりがあって、それを広がりの姿をしたふるさとなのだと、ある頃からわたしはなんとなくおもうようになった。そこではきょうも、何かわからないけれどひとつずついきなり現われて、しばらく遊ぶのだが、気づくと、もうそれとしてはそこにいない。風景は一変し、気分が揺らぐ。さみしいだろうか。そうかもしれないし、わからない。見ていたものをおもいだし、広がりをほとんど怖れずにきた信頼をおもう。

ほら、ゆうゆうと侵入。でもほんとうは何億年も前からそこにいたのだというところがすぐそこにあって、そこからいまきゅうに押しだされて泣いているのかもしれない。わたしはたったいまのことがよくおもいだせない。その動きが雲ほども遅いのだ。雪よりも風よりも遅いので追い越してしまい、見失う。いろんなものが引きのばされてしかたない。しんしんと、ひろがり、ひろびろとしてきた。じきに、すぐそこの空きに出たとしても不思議におもわない。

草花が太陽に向くように、まっすぐそちらに向っている。そこにあるのは、いまいる風景だとわかっていても、こころは新鮮になって、鏡を通して見えるものすべてを見ようとする。ふと、思い出したように振り返ると、鏡の中のわたしがそこから来たのだった空間がひとつ、しんと横たわっている。手で触れることのできるそこは、鏡の中より透きとおる哀しいいのちだ。この他ということはないという生生しさをどうしていいかわからずにせいいっぱいのみこんだ。

いまになって、足跡から様々に歩いた音が鳴るようだ。物はすべて残り、影はもうない。何だろう。ソウカナ、と耳元でささやく。ホントウカナ。うつろに鏡に誘われる。中は青い。青は遠い。むこうに明かりがポトリ、暖かい。見ると、数を増した。わたしも増える。そして消える。だけど此処にわたしの眼がある。眼はないものにも呼びかける。過ぎたものや未知のものを神妙に見ている。もうひとつの奥行きを自分で作り、そこをたくさんのものと歩いている。

鳥の声がする。飛んでいるのだろう。そこにいま空間があることが明らかになっただろう。これはげんに起きていることだ。でもわたしは鳥のぬくもりも羽ばたきの風も知らない。心を尋ねたこともない。むこうに見える山々に何が棲んでいるのかも知らない。空に語ることばもない。それなのにわたしは一つの世界にいると感じている。そこには安らぎすらある。生をかすめ通る断片を見つめ、近づくことのなかったものを憧れ、見送る。人として生きているのだ。

強いものに一方的に粗野に囲まれている。上からは覆われ、下からは押し上げられ、やみくもに揺さぶられる。そうしている間、ものはみなはるかに遠のきわたしにそのやさしい一片も届かず小さく冷たい。あまりに冷たい。目を耳をさえぎる。手と足を縛る。厚い膜。それはいまだここだと言わんばかりに盛んにうごめき自身の活性の最中にある。あらゆる形で襲いかかりながら寄るなと言い放つ。動くな黙れそこにいろ。言いながら立ちはだかりびくともしない。遊んでいる。なにを。野生。もともといたかのように、兆しもなくはじまる。なにもわたしには許されていない。後から来たからだ。わたしが後だからだ。それが先にここにくつろいでいたのだ。

あらんかぎりの大きな声を出して目を開くと、お母さんがこちらを見ていました。お母さんのまわりには、ぼうとしてわからないひろがってゆくなにか。お母さんはその放っておくといくらでも千々にさみしく乱れてゆくものらを、ひとつひとつ、かぎりなくいとおしみ、親しみをこめてくりかえし呼びかけ、たがいにはなればなれにどこかへ迷わぬよう、ごく秘めやかに結び合っていました。それは、とてもうつくしかった。わたしがけっして驚くことのないようにと、たいへん長い時間をかけて、そうして待っていてくれました。その光景はあまりにうつくしかったので、わたしはお母さんいがいのなにもわからないのに、ずっと目をあいていてもひとつも怖くなかったのです。

出ると、そのむこう、なにも見えないほうをむいて歩いてゆく。暗いのか眩しいのか、さみしいのかそうではないのかわからない。いっさい見えない。眺めがない。道はあり、その道を踏み、二本の足で交互にかたく踏みしめ、蹴りつけると、じょじょにその運動のもつ弾力に勢いがつき、のびやかに前へ前へと出はじめる。見えないが体の先には奥行きがある。わたしから離れたところ、むこうがある。そこへの、なにひとつさえぎるもののない、このすきとおったからっぽの深みは、ほんとうは懐かしく、隠れているたましいから、抑えてもあたたかい涙が、体じゅうのこまかなすべてをひとつ残らず抱きしめようと、染みわたりながら、とめどなくこみあげてくる。あたたまり、熱は濡れ、やわらかくなり、朦朧ともう抜けてしまおうとおもう。どこをか。この深みの中心を。なににも行き当たることはない。そこで突然かるく弾んで、踊る足交互に宙に回転し、みるみる奥へ進み、息きらし、きらきら玉の汗ちらし、光る玉こなごなにちりばめ、足えんえん、足よろこびまわり、体左右におおきく弓なりに反り、巨大な円弧を描き、まえをうしろをはげしく揺すぶり、指波うち、ひらひらしびれ、くち歌いだし、るうるう歌いやまず、声聞こえず、目見えず、その奇妙にやさしいすきとおった深さのなかをひとりこんな安らいながら抜けてゆく。

そこに見えているのに、それが何もわからないときの感情を、いったいどう言えばいいだろう。この感情、それは感情なのか。ひとの感情なのか。では誰の。このわからないものにむけて噴き出すつよい動きは、わたしから起きていることなのか、ほんとうにわからない。わからないものは、どこにあるのだろう。見ているものに、わたしに、その間に、その外に。わからないものが見えていること自体が、わたしには、ただ恐ろしい。なぜ、見えることとわからないことは同時なのだろう。見えるとは、わからないものの内部からこちらにむけて、むこうから現れてくる呼びかけのことなのだろうか。実際は、ほとんどのことが、こうなのだ。このおびただしい呼びかけの充溢に感受は翻弄されつづけ、目を開けられなくとも開いたまま、なにも言えず、わたしは恐ろしいが、そこにはいっさい絡められてしまいたいような切実な甘美があり、それは途方もなく、むしろそのまま身じろぎせずとろけるように押し流される。いくら眺めたとしても、時間は何も明らかにしない。時間についての事柄ではない。なにか別のことだ。どんなに見つづけたとしても、何ひとつ秘密を明かさないものを、そのことにおいてはただ永遠のうちにしかありえないものを、見ている。そのわたしは時間につき従い、それによってわたしだ。だから、恐ろしく、それが、異様なのだ。誰ともそのことは言葉で話し合えない。くちはつぐまれる。目を開くと、まわりがなくひとりだ。沈黙の無数の距離に囲まれている。そして距離のなかでひとりであるとは、どこにいるのかもわからなくなることだ。じぶんの大きさも、色も、匂いも、変化も、いるのかどうかも、わからない。いっさいから突き放されて、不明となり、しかもなおわからないものに執拗に呼びかけられるうちに、ひとりのひとはさみしさのあまり、近しいものを内に見つけようとする。とうてい持ちこたえられないひとつのこの身を持つ、無力。それが身に徹底される。あの曇り空が何だ。その特別な声が何だ。この感情が何だというのか。それを外からのものとしてこの身に受ける力はもともとない。内に見出されたそのあとならば、できるだろうか。だから、もういいのだ。じゅうぶんに知らされている。徹底されている。その外はおそらくない。そこにいる。

どうか無力すらつぶれるほどのうつくしさで、わたしを少しの間そちらへ逃がしてください。暖かい日も、風の吹く日も、同じようにしてください、わたしは同じようにしていたい。一日の少しの間、そこにいさせてください。そこでわたしを休ませてください。やさしくして、なにも言わないでください。もうなにも言わなくていいと言ってください。どこにも行かなくていいと言ってください。なにになるなくていいと言ってください。わたしの名前を呼んでください。わたしは聞きたい。あなたが呼ぶとわたしは生まれるのです。

同じことが明日もあるだろう。これから毎日あるだろう。わたしはそのたびに同じことを思うのだ。毎日という生きている間のそのすべての日に、別の日はない。このことに気づいてわたしは黙った。どんな日もわたしはわたしの無力から離れてほんとうのひとりになれないのだ。けれども願う。わたしは言ってみる。ただ声にしてみたい。いろいろな言い方で。わたしはどの声も聞いてみよう。ねえ聞いているよ。聞いているとも。ああいろんな声がする。すべて聞き届けているからね。そしてちゃんと言いに行くからもう安心してここで待ってて。

わたしがもしひとりになれるとしたら、それはどんなことなのだろう。わたしの無力から離れても、わたしはまだわたしだろうか。わたしの無力から離れて見ると、この世界はどう見えるだろう。世界はまだそこに風景として見えるだろうか。花が落ちるとき、わたしはその花といままでのようにかすかにでも結び合えるだろうか。雲の形が変わるときはどうだろう。あなたが悲しいとき、横にいてわたしはそれがわかるだろうか。

夢の中のわたしが無力だったかどうか、よく思い出せない。あんなにたくさんの夢を見てきたのにどうしてだろう。

わたしが見ていなくても花は落ちるように、花が見ていなくてもわたしは落ちる。そのように、こうしてあなたが見ていなくてもわたしは落ちる。すとん。

ここにはなにもないよ、と言われてしまった無力。声にされ、一面にこだまは静々と、わたしの耳を渦巻きとおり抜けると、そらに定着した。それからというもの、音もなく世界が転覆を延長しつづける、その未知の光景をわたしは見ている。何もなくなった後には何もなく、何もなくてはないことすらわからなくなるから、転覆は永遠に、その永遠を転覆している。ここには、なにもなき野、一滴の雫の蒸発、獣の震え、伝えるさざ波、いつかのこだまの、その消えるまであなたの、そのひとりの生きるぬくもり、声という、言葉の前のやわらかい、原始の息吹芽生え、伸びをして起き上がり、中心を真直ぐ上がり、渡る太くあたたかな、呼んでいるあのひとりの、ひとりのなにもなき、たましい。わたしから同じようになにもなき、応える二番目の声。もし声を出さなかったらふたりともわからない。なにもないこともそこにいないことも。そらはあなたのそら。あなたが先に見つけたから。そらにもうひとつのこだま。そらにはふた

つのこだま。きっと、わたしと同じようなふたつの、見知らぬ眼、
先の孤独。ここはふたりのそら、けさ晴れわたった新しいそら。

身をかがめ無底の底へと、帰るように降りてゆく、永遠の転覆。いっさいが過ぎつつあり消えつつあるその光景のなか、小さいけれどひときわ輝きのつよいものが見える。あれは、尊いもの。みずからが静寂になり、先に降りてゆく。

無の接触がそれを知らせようとする。その等しさはまるで何者かが光を注いだかのごとく、地上のどのかけらにも無はその初まりから潜在している。無にあらわに覆われるとき、そのとき無はわたしの外にありながら、この内から目覚めており、そのじつ内の無が外のそれに気づくと、たまらず懐かしさを覚え、わたしの上で愛に似た時間を迎え、たがいが注がれ合い、最も深い沈黙するところへと近づいてゆく。わたしは無の現われ深まる道で、わたしはつねに激しくむなしい。わたしがいなければ、無のあることがわからない。もしこの無がなかったら、わたしがいることがきっとわからない。

最初からわたしはこのために生きていなくてはいけなかった。ある日強く無に覆われ、声を出さず耐えたとき、いつもの眺めにありありと透けてくる永遠の動きを認めた。無はわたしに懐かしい秘密なのかもしれなかった。わたしは小さいときから見守られて、休息し、あらゆる冒険をくりかえしていた。わたしはあらかじめ愛されていたのかもしれなかった。ひとりというわけではなかった。わたしもまた無だったのだ。

夕暮れの空がきれいだから、ベランダに出てみました。そこから、もう電気もつけて明るくなった自分の部屋をふいに振り返って見て、なにかひとりのひとの小さなけれどもそれがすべてである人生を垣間見たような、切なさに胸が締め付けられました。その明るくした、すこしでも喜びながら安心して過ごしたいと願っているひとの部屋。机の上の作りかけのものや、こまごまとしたもの、椅子。わたしがそこに座って、夢中になって何かを作ったり、不安そうにしていたり、何もないのにうれしくなってひらひら踊っているのが見えたような気がしました。ひろがる空をもう一度見ました。あなたはこの世は夢だと言いました。わたしが襲われる無は、個人を超えてそもそもあるもの、存在の前提にかかわる永遠の動きだったのかと思うようになりました。もしそうであれば、わたしは微かに解放されてゆくのを感じます。無意味な強いものにひとが一方的に襲われているのではないからです。そしてむしろその恐怖が深い懐かしさに変わってゆくことも、ひとにはあるのかもしれない。無に襲われるとき、涙が出てもじっとして、心を静め、わたしのためにというのではない懐かしさが浮かび上がってこないか待っています。ひとがひとでありながら、ほんとうに休まり、静かにあるとはどういうことなんだろうと、そんなことばかり思っています。

じぶんはこの生きた体と心だけをもって生きているんだ。

かれは何も残さない。書くことをしない。話すことをしない。みずからのいかなる痕跡も残そうとしない。そしてひとりで生きる。かれを見ているひとはいない。いなくともかれの生は生きている。かれが生まれて死ぬ流れを生きるかけがえのないひとりのひとであることを知っているのはただかれのみだ。生きている日々、いったいどれだけの輝く瞬間がかれに訪れるだろう。しかしかれはただひとりでそのはかない瞬間を迎える。うつくしいものともかなしいものともかれはひとり交わり、言葉にすることなく、その瞬間を瞬間と共に跡形もなくしずかに終わらせる。かれは誰かに伝えようとしない。ひとと分かち合わずとも、かれは新しい瞬間を瞬間と共に過ぎた。それがすべてだ。かれと一緒に生きるひとはいない。かれがそれを選んだ。いや選びはしないだろう。かれの人生にやさしく触れ合う住み慣れた土地とその親しみぶかい風景、道ですれ違う人々、山や川で居合わせた生きものたち、日々味わう食べ物、けさ見た太陽の光、午後のすきとおった雲、えもいわれぬ夕焼け、そのひとつひとつをかれが選んだのではないのと同じように、おそらくかれは何を選ぶわけでもない。選ばないことから生じる生は、その生を知られることもまた望みはしない。かれは生を自身の内からの力によって満たし、終える。かれは内なる眼でそのすべてを見、内なるたましいでそのすべてと交わる。それを誰かに知ってほしいとおもわない。誰にも知られなくともその瞬間は在ったとかれは言葉によらず自身に告げる。この誰にも知られることなく消えるささやかな積みかさねをひとの生という。そしてその胸を締め付けるひとりのひとの小さな生は、かれと共に跡形もなくしずかに終わる。そしてそれを知っているのはただもういないかれのみなのである。

かれこそがかれの次なる瞬間。かれに呼びかけつづけるかれの生。
何にもならず、ただ発露しつづける自身の生であれ。

田舎道を何日も車で走り続けた旅のある日、わたしはそのときも何も考えずにぼんやり外を見ていた。それは前触れのない出来事だった。地上の景色というものがこんなにも緑色なのかと気づいたその瞬間、どんなに遠くの漠然とひとかたまりに見える緑でも、近すぎて形すらわからない緑でも、すべての緑がなまなましく生きているひとつひとつの命になり、距離をなくし触れているように近くなり、それぞれがささやき、細かくきらめきふるえ、そのひとつひとつ捉えられるわけのない無数の緑の命をひとつ残さず感じた。わたしはひとりのようにみえて実はこんなにもたくさんの生命に包まれているのかと茫然とし、大きすぎる安らぎに眠気すらおぼえ、今まで何もわからなかったのはなぜだろう、どうして今わかったのだろうと思ったそのとき、すべての緑はあなたになった。わたしはあなたの生命に包まれて、あなたの上を走り、あなたの上を移動し、あなたに見つめられていた。もうこれでわたしはどこに行っても、あなたがいなくてひとりでも、あなたを感じられるんだと思い、もう大丈夫だと、ほっとしたのだ。

たくさんの空を見た
この世の空
走った
この世の道
かがやく緑　すきとおる風
食べた
同じものを
甘くてよろこばしいものを

道はいくらでもあってどこまでもつづいています

びゅうんと曲がりくねった坂道を自転車で下りる
前がひらけ　ひかる小川が見えたそのとき
大きな声で

口はひとりでに言ったのだ
生きているって楽しいね
笑われた
わたしもおかしくなった
すごいね
すごいね
笑いあって　はずむように走り出した

窓のむこうに木が揺れる
家々のむこう屋根越しに　さわさわ緑が光っている
むかし住んでいた部屋でも木を見ていた
わびしい川のほうで　木立がいつも揺らいでいた
無音で宙を揺らぎ　気だるく遠ざかっていくのだった
振りかえると　わたしの部屋もおなじだった
木のもとへは行かないだろうとおもった
わたしは親密だったのだ
窓のむこうに木が揺れる
ただそのことで
さみしかったりさみしくなかったりするのはどうしてだ

空はいつも上にある
なかったことがない
それを思い出すと　こわい
わたしがなかったことがない
いのちがとまったことがない
これまですべてをかけて気づかってきたというのだ

ねこのいのちはよわいみじかいと人が言うの
いのちがそばにある
それを思い出すと　こわい
雄大な
あなたはあなたに乗っている
あなたはたのしく手をのばし
駆ける

毛がたゆたう
眼がひかる
笑わない
朝　空を見る
ひるま　見る
夕ぐれ　見る
夜ふけ　見る
夢　見る

島を巡る。道は明るいほうに進むと海、暗いほうに進むと山に通じる。人の住むわずかな土地を、海が平然と囲む。

世にも静かな内海の水。音もなく行き来するごとに透きとおる。波打ち際で物を高く積み、燃やす人がいる。のぼる炎の美しさが恐ろしい。残った灰は、じき波がもっていってくれるという。そのころ風景の細部も、みな闇にもっていかれるのだろう。

山には古墳、神社、寺、祠がたくさんある。どこも人気がなく、忘れられているように見える。でもそれは、その特別な場所の始まりである山や海が、島の人にとって思い出すものではないということと同じようなことなのかもしれない。

堤防に強固に遮断された北。本土だけでなく、真下の波までひどく遠い眺めだ。そこはもうどこでもないようにさみしそうにしている。

昔ここには道があったよ。声に導かれ、東の道なき道を行く。夥しい植物が押しよせるのをかきわけ踏みならし、もくもくと足を運ぶ。かすかに潮の匂い、波音。混沌とした緑の空間がぱあっと開けた。一面の紫。ムール貝ばかり打ち上げられるのですよ。しゃりしゃり音を鳴らし北へ歩く。海沿いのそれは優雅に褶曲した堆積岩に、いい窪みを見つけ、座ってみる。ここに誰か座ったかしら。浅瀬のふわふわした緑のものはなに。青海苔ですよ。きれいでしょう。対岸には煙突の景色。ひとつも関係がもてない。

南の海は手放しに広がる。連なる岩礁の浜に見えた、ひとつの場所。急いで降りる。淡色の混じりあう平らな岩場は、気を確かにしていないとふらふら前に歩き出してしまいそうなほど、微かな傾斜で海に滑りこんでいる。体がぴりぴり凍える。空も海も持つ明るさをすべて隠し、黙し、うねる、根源的な深みだった。運命的な生命であり力だった。自分は何かの理由でなのか、何の理由もなくなのかわからないけれど、いま生きている。でもほんの少し前へ出れば、二度とこちらに戻ることはできないのだ。生きていることよりもそのことのほうがリアルだった。自然にとってはどちらでもいいのに、私にとってはどちらでもありうるのに、こちらにいる。

あのとき沈黙するひとつの息に気づくことなく、たいせつなかれのいっさいを通り過ぎていたとしても、かれはわたしを見つめつづけたのだろうか。黒く大きな体の暗さ。その中心にすとんとふくまれ、すべてをこめられた生きものの目は、少しも逸らさずかれ本体と連なり、こちらを見すえ、すぐさまわたしと連なっていた。

緑のあいだにぽつりと建つ土と木の家。夏の光は鳥たちやユーカリの葉をまだほんのり温め、けれど空気はとぼとぼ夜に近づいていた。わたしはガラスをめぐらした部屋にいて、ひとり指ほどの土舟を作っていた。影を感じた。カンガルー。

見るだけでほかのことをしない。どうしたのかと思うほど長々とそうする。わたしはかれより大きくならないようにしゃがみこみ、手を振り踊ってみせたが、かれは思考も長い。微動だにしない。やっと動いたかと思うと、ゆうゆうと強そうなポーズを見せ、またもとの姿勢にじっと留まる。

ふと横に向き直り、そっと数歩。水たまりと見まがうほど侘しい池に立ち止まる。目をがっしりこちらに向けたまま水に抗するようにじょじょに先端の口を水に近よせ、飲んだ。

それは長々としたものだった。その間に鳩、そして黒に水色の模様をつけた小鳥がやって来た。みんなであまりきれいとは思えない水を丁寧に飲んでいた。

鳥たちがいなくなってもかれは飲みつづけた。しばらくすると重そうに体を起こし、歩き、すっぽり茂みの中に鎮座した。世界を忘れてしまったようにじっとしている。もうわたしのことも忘れている。果てしないのだった。あたりに迫りつつある闇と動かぬかれはしずかに親しみ、わたしに秘密を突きつけた。仕事に戻り、ときどき外に目をやりかれを探した。ほんの少しだけ違う姿勢で少しずつ遠ざかり、いなくなった。

次の日、かれのいたあたりに行って、同じ姿勢でわたしのいたところを見てみた。池のまわりのかれの踏んだ草をぐいと踏み、匂い、うろついた。その足も鼻も目もわたしのものだった。

そのときわたしは、じぶんに備わるどんな生命のきらめきからも離れ、道を漂う、ひとりの幽霊だったにちがいない。ふいに消滅する荒々しい不思議を待っていたかもしれない。心のなかのよいものはどれもなくしていたかもしれない。でもわたしには約束した用事があり、早く起きて、朝食をとり、メトロの駅にむかって、重苦しい、けれど重さのない体を引きずるように前へ運んでいた。そしてメトロの入り口が見えてきたそのとき。

むこうから軽快に歩いてくるひとりのおじさんが、石畳につまずき、盛大につんのめった。おじさんのつまずきは、最初からどこかとほうもなくおもしろい空気を発していた。ご機嫌になって踊るように手足をひろげ、ぽん、ぽん、ぽんと愛らしいジャンプをしたかとおもうと、すくっと見事に体を立て直した。そばを歩いていた人はみなそろって立ち止まり、息をのみ、ほっとし、くすっとした。そしておじさんを中心としてめいめいが我に返り、目的にむかいすたすた歩いていった。

わたしもまた、おじさんに突然降りかかった小さな危機に一緒になって遭遇し、同じように感情が動き、同じくらい笑っていた。心はもう何日もひとりではどこへ行くこともできなかった。それなのに、それは簡単に、ほんの数秒足らずのあいだに、心は、まったく想像もしていなかったところに連れ出され、それまでどうしても逃れることができなかったわたしよりも圧倒的に強い何かから、そっと解放されていた。そしてその真新しい心は目をしっかり見開き、人を見守り、笑った。

離れ去ったかにみえるものは必ず戻ってくる。でも少なくともあのときわたしは、ある小さなことに心をささげていたのだ。

清らかな光を放っていた。それは知らないものどうしの道端のひとこまで、誰も予測もしていなければ、誰が作り上げたわけでもない、どんな目的もない、あってもなくてもいいような小さなことだった。何も残さず、静かに過ぎていった。でもあのとき世界が様相を変えたのはほんとうだ。空の下、ひとりの心の中では。風景にはそんなこともひっそり流れている。

祝福の　無条件の　存在

わたしをはなれ　なくし　わすれた　このちからは
世界にのりうつり
わたしを解放する精霊だった

それはそのものになってはたらき
つきぬけて

とびちるにまかせ
ながれるにまかせ
とけるにまかせ
つたわるにまかせ

そこにあるものにふかく同感し
そこにあるものに似ていった

明るさ　ゆらぎ　たいらかさ
またたき　そよぎ　空　沈黙
草木　夜　地　ひとりの人
山々　かなしみ　動物の眼
そこにひろがり
そこでひかる純粋

とけるにしたがい
つたわるにしたがい
しずかに感じるのだった

そこにあるものはすべてそこからあらわれている

ただいま
おかえり

精霊は世界から解放されていた

こころのようなやわらかなものがすきとおり
いっぱいになってこぼれ
すべてのうちにやすらっている

一面の　この世
この世に生きている
この一面の　けしき

蓮池に真白の鷺
泳ぐ鯉とスッポンと
中庭に空高く
ゆうらゆらと鳶は浮く
たなびく雲はまばゆくて
遠い太陽と木漏れ日の子ら
それぞれの意欲
率直でしずかにいのち

人が来る
その人は黙って歩き
ものを見ている
たっぷりと日を浴びる
緑のもと

生きるもののあいだにひとり

場は本体となって働き
固有の呼吸をしている
はっと
わたしはよみがえり
眼や耳や
たましいの中心が
これまでないように
これまでないように
うち震え
澄みわたり
かろやかに
あたりに放たれる
それはあまりにも自在で

もうわたしでもなければ
ひとりでもなく

ああ
いまにもうまれそうだ

おもうほうに歩いていいのだ
おもうほうを向いて
おもうようにおもう
たくさんのものたちと
おもうようにそのときは

生きていることが
ものや眺め
かたちや色

明るさ冥さ
永いこと
小さいこと
揺れること
光ること
この水
この風
このときと通い合い
入れ替わり
気づけば
あなたにも
あなたにもわたしはあなたにもなって
なんども生まれて生きて眠り
生まれるお祭り

ものはうまれてくる
ものはいっしんに
くる
ものはひとをいっしんに
ひとはうまれてくるのだ
ひとはいっしんに
ちいさいものはうまれてくるのだ
ちいさいものはいっしんに
くるのだ
うまれている

てんねんしぜんはてんねんしぜんになる

そう
うまれなかったものはなく

ものは
そのあさの
そのよるの
かたすみに
ひみつをふるわせた

右手は左手をつつみ　洗い
左手は右手をつつみ　洗い

水は流れる
おもてをさらさら　下へ

水を止めると
そこに
手が残っている

　そうあったのだ　これまでも　洗おうとも

驚いた手とわたしは見つめあい
また　それぞれに戻った

生まれて来たのにわたしたちは去って行く
去って行くわたしたちだからこうして生まれて来た

眠りから覚めていると気づくのにすこし時間がかかった
目を閉じたまま前を見ている
ほのくらい
大きさも色もわからない
大きさや色ではないのかもしれない
あるのはふたつではないひとつの空間
空間はひとりにひとつ与えられている
そこには深みがあって誘う
見るように入ってくるようにと
ゆらゆらと白いものが空間をかすかにゆする
空間は増えも減りもしないでただふるえる
そういうものを見ている
そこにいるのかもしれない

しずかだ
きのうのことも思い出していない
じぶんがだれでいまがいつでここがどこであるかも
なにひとつ考えもしない
ひとかけらとして
じぶんがいることも知らずに息をし
ふるえる空間を誠実に見つめるだけの
ひとつの安らかなたましいであるだけだ
けれどもそれもおしまいになる
わたしは一瞬にしてなにもかもを思い出す
これがそうなのだ
わたしというものはいる
それはこのわたしだった
ならばそこに戻りなさい

目を見ひらき体を持ちあげ
思い出したすべてのなかにわたしを放る
まばゆい
こんな世界がわたしにも映っているのだろうか
それはわたしの内奥のひかりの届かないところに
ものすごい勢いでつぎつぎと走っていき
わたしが何処に生きる何者であるかをじかに伝える
導かれて立ちあがる
キッチンに行き　湯を沸かす
太陽に明るくされた部屋の壁にきりっと輝く
小さなレモンイエローのテープを見る
あるとき　そこに書いたことば
朝　そのことばを読むと
ひろびろとしてまっさらな予感の地がわたしにひらかれる
うつくしいひかりは歩くようにとうながす

なにもはじまっていない
あたらしいこころはここにあるのだ

作品を前にしたときわたしは、何をしようとし何をしたかをいくらか言うことができたとしても、それを何とわからないのです。そこには作品があります。けれどもそれを何と言えないのです。

まるで言葉を使って感じるのを止められているようだ。言葉にするとそれから遠ざかる。言葉にすると誰かに、人に近づけるのだけれど。

それを何と。作品の中の何かを。

できる限り厳密にものを作るその先に、どうかわたしにはわからないものが顕われるように。

作るという考えは傲慢だといつしか思うようになっていた。長い間、作ると言うことも書くこともしなかった。モノはそれ自体で生まれてくるのに、人が作るとはどうしたことだろう。けれども、わたしがそのときそこにいるのもほんとうなのだ。思い、手を動かしているのは誰だというのか。

この世には人が作るという考えを超えたものが存在しています。そういうものを作る人になってください。言われ、わたしは心にしまい、それと一体になった。

人は作り続けてきた。人は生まれて死ぬかわいそうな者だから一生懸命に作ってきた。

作ることは自己慰安だともうひとりの人が言った。わたしは少しずつ作ると言い作ると書くことを自分に許した。そのときもわたしは忘れることがなかった。

作品は人の内部で生成したのに、人から離れてモノになってしまった。だから、わたしにはそれが誰かわからないのだ。人から生まれたものが言葉を持たず、人からかけ離れた遠いモノであるとはどんなことだ。

完成するそのときまで、作品は人の内面とのつながりの中で生成する。人と作品を分別することはできない。言葉で感じ、思考している作品は人でもあるということだ。

そういうふうに、考えてみれば人としか言いようのない生成しているときの作品は、同時に人にとって一個の対象です。それはただ物なのです。そしてその物はわたしではないのです。悩みなき布であり、糸であり、紙です。心の内であり外、わたしでありながら決然としたあなたは、広さでは表せない広さをひろげ、あまりに全体というようなものなので、わたしが抱えきれずに動揺し、疲れ果てるのも仕方のないことです。

ときには、その非人間的な、おおいなる広がりの中で、よろこびのあまり踊り出すことがあります。空間は巨きくいくらでもある。時間はいつでもないしどれだけということもない、わたしは誰でもなく、ゆるやかで、軽い。

制作の初期に、それが物であることを超えて、ひとつの世界空間としての様相を持ちはじめ、場が変わる。そのときから、作品とその場を離れるときには目を閉じ、ありがとうございました、あるいは、お世話になりました、またよろしくお願いします、と言うようになる。

わたしはそこにある何かに見られていて、心のすべてを知られている。そこではほんとうのこと以外は何も通じず、ないことになる。形にならない微かなことのすみずみまでも知られているのだし、そのことをわたしが知っていることも知られている。まったき透明で嘘のない世界。それだけではない。その前に、わたしは生成しようとしているその作品と、その生成におのずと共振しモノとの連続体として変容し生成する空間という場(その逆でもある。絶えず変容し生成している場にモノが共振し、連続体として生成するということが。この双方の動きは分けられない)によって、そのときを生きることができている。それはわたしより先にそこに在ったように感じられる。わたしのほうが後から生まれて来たというように。

それともわたしはそこから生まれて来たのか。このつながりを絶ってもわたしか。生きているか。

わたしと作品は互いに永久の外部で、作品はわたしにとって一つの対象だ。一方、作品は人だとも言えるのだろう。わたしがわたしから離れるために、どうしてもこの小さな儀式を必要とするというふうに。

こうして作品と場から離れるときに挨拶をすることで、自らわたしの対象に成っていく作品に倣うようにして、わたしは作品を一旦じぶんの外へと対象化し、そうすることでやっとじぶんと作品を切り離す。すなわちわたしをふたつに分け、ひとつをそこに残し、また戻ると誓い、そこを離れるのである。たとえわたしがいっとき離れても、わたしでありモノであるあなたは、何も変わることなく同じようにわたしを受け止めてくださいと。

あの場は、作品以上に儚く危うい。わたしの対象でもなければわたしでもなく、作品と切り離せないそれは、元来、人に最も近く、最も遠い。

作品が生まれようとする場に人間の眼があると、わたしたちがわたしたちである前提が崩れ、生への動きと夢のすべてが終わる。心が活動を止める。これ以上に悲しいことはない。いまもしかしたら生まれてみようとしたものがあったかもしれないのに、いま初めてその時が来たのかもしれないのに、怯えて隠れてしまった。隠れたものは二度とそのときのようには顕われない。もう手遅れだ。どうしよう。人間の眼があると、わたしがこちらにいて作品があちらにあるという意識が生じる。わたしが人で物は物であると突きつけられ、わたしと生まれる前の作品は分断される。そもそも関係というものが存在しない世界にいたというのに。だから、わたしは生成のときはひとりになる。この眼もないように願う。見られてはいけない。

同じように、言葉が聴こえてくると、生まれようとしている作品は、まだ生まれてもいないのに、あなたは何々であり何々でないと示され、おのずから生まれようとしていたのに、心からそれを望んでいたのに、できなくなる。生まれてくるときは何も知らされず、生まれてくるように生まれることが幸福ではないのか。

作品は生まれようとする過程でわたしを超えでる。それは、そのときはまだ人間の内部であるのに、ふと、ひとりで一個の対象へと移行をはじめる。わたしはやっとのことでそれに付いていく。そうするうち、わたしのほうがそれに似て言葉がなくなっていく。日に日に思考は減り、言葉はもうほとんど意味をなさず、眼と手が素材の表を黙って動いている。ではそのときわたしは何を使って考えているのだろう。

そこからの時間は長く途方もない。あるとき、ついに作品から手を離す。こころは、これ以上続けてはわたしを護れないと手を止める。もう少し穏やかなときは、作品がもう触れないでとささやく。独立と生。そして、ひとつの世界を見る。そこにあるのは作品というモノで、語るわたしではない。眼は驚きとともに、言葉のない、人間のいない世界を壊さないようにそっと見つめることになる。

それまで感じ、思考しつくした言葉はどこかへゆき、作品はどんな言葉も持たずにそこにあります。とても静かです。人間にはない何かがわたしの前にあります。

その無言の内に言葉を見出す人もいました。それはものを言えない作品の代わりに話をするようでした。そして言葉は比類のない生を表していました。作品が言葉を持たないのはそのためだったと思いました。

作品が内蔵する人間にはない何か。それは人間を疎外するか。それとも故郷か。

水の中の水。

生と死を幾度も繰り返す。心が砕け散る。助けはない。この世の去り難さ。

何かが顕われてくる瞬間を見ていたい。そういうことがほんとうに起きていると知りたいのです。制作をしているときだけではなく完成した作品にもその持続を願います。完成への一つの大きな生成が終わってもなお、顕われてこなくてはいけない。そうでないと死んでしまう。わたしは今にも生まれようとするその姿を見る。見せてください。そうするとわたしは生きるのです。

そしてまた、作品を語りようがないのもほんとうだ。わたしは黙し、
黙したあなたと見つめ合う。

片づけるように言われ、うなずく。けれどもじぶんにたいしてはうなずけない。じぶんで作ってじぶんで壊すことに目眩いがする。これは夢なのではないか。ここにあるのはわたしがいのちの底から求めているもので、それは生きているようにと助けてくれるだいじなものであるのに、わたしはじぶんの手でばらばらにして何でもなくし、その生気をその優しさをそれが在るということの一切をこの世からなくしてしまうのだ。もう二度と見ることも触れることもできなくするというのだ。なかったことにするために、がんばってつくったものをがんばってこわす。この手で。そして、その一部始終を見る。

しばらくひとりでぐずっていたが、そのうちふとこう思った。片づけるというのはたいした作業であり、たいした別れの儀式なのだと。作ることとも見ることとも比べられないひとつの意味ぶかい人の行為かもしれないと。それはほんとうではないかもしれないが、それはどちらでもよいのだ。わたしは悲しまないで、心をよく落ち着けて、作るときにはまだ知らなかったような温かさと丁寧さでものに向き合い、これ以上はないというほど気持ちよく片づけを執り行うことに決め、たいせつな場所へ出かけることができた。

ほかのひとにとってはどうということもないことでもいい
思いなさい

語りかける人がいた。

たましいの中心の自由

書くたび、忘れないようにとおもった。

こちらではない
むこうに　なにか
むこうから　こちらにむけて　それ
よいものを　なぜ

引かれて　足を前
近づいて　その下
目をひらく

こちらにむけて　それ

ひかり
背にし　足を前
来た道　あの開口部
ぬける

戻る場所があった。わたしがどこに行っても、それがどれほど生の外に接近していたとしても、生に護られてわたしは生に戻っていた。それはなにでもないようにずっとそうなっていたので、これまでわからなかった。わたしを護るものはここにあったのだ。生は気づかれないように静かに存在している。

生涯には、行ったあと戻れないときがある。わたしと分けることのできない一つきりの、こんなにも親しみあった、だいじでたまらない、あの人と、みんなといた世界、まだあの人は、みんなはいる世界を、振り返ることもできずひとりでただ前にしか進めないとは。どうかその先に、あたたかな顔があってほしい。

目を瞑るときはひとり。どんな寂しがりも目を瞑るときはひとりで。

無垢は没頭している

あなたの丸い小さな体。そっと抱き上げると腕に納まるなんてどういうことだろう。わたしは人間に生まれた。あなたは違った。あなたは知っているだろうか、そのことを。どうなのかと鏡を見せたら、嫌がった。ごめんね、もうしない。あなたはいつも快適かどうかを計っていて、他のことはあまり考えないように見える。けれどほんとうのことをわたしは知らない。たぶんあなたも。

あなたの体は小さい。触れるといつだって温かく柔らかい。ゆっくり押したりひっくり返したりすると、そのままゆっくり押されたりひっくり返されている。ときどき嫌がる。ごめんね、あなたは大きいよ。

一度でいいからお話ししてみたいねと言うと、前を睨む。ねえ、何を話そうか。

外から戻ってドアを開け、部屋のあなたが見えたとき、思っていたよりもずっと小さく、しかもあまりに低いところで心細そうにしていることに胸が締めつけられる。小さ過ぎる。家で見ているときよりもずっと。きっと外で人間ばかり見てきたせいだ。人間ばかりと生きているせいだ。それであなたを小さく感じるのだ。人を見なければよかった。ああ、あなたはほんとうはこんなにも小さいのだ。それでは、押したら死んでしまうのではないか。わたしはあなたの何倍も大きい。それがひどいことに思え、信じられない。なぜわたしはこうも無意味に大きい。この体はわたしでその体はあなたなのか。なぜいつからこんなに違う。あなたは小さいけれど大丈夫だろうか。弱いのだろうか。ぜったいにだいじにする。

あなたを後ろから見たときの頭のきれいな丸みやちょっとした毛の乱れがどうにもせつない。だってあなたはそれも知らないのだ。そんなことはどうでもいいのだ。わたしの手の平でちょうど包める一個の頭。それは命で、他でもないあなたであるのに。わたしはもう押したりひっくり返したりしないようにする。小さいからといって自由にしない。

わたしたちは寄り添って暖まる。日に何度も互いの無事を確認する。部屋の中で通りすがる。並んで外の様子を眺め、しばらくすると窓を閉める。

けんかをしても仲直りをする。だいすきなともだち。長い間いっしょにいたね。あなたはそのことも忘れてしまったの？

名前を呼ぶとあなたは見つめる。ひとつの心から。わたしにそれは届いている。

空を見てよかった

それは人間、生者のしるし。そうありながら、芸術はみずから進んで他の者になろうとする。芸術は遠くから眼差す。彼らは「地上の人の生」の外からわたしたちに、いまそこにあなたは生きている、と言う。わたしたちの魂を慰め、護り、祝う。そのために彼らはわたしたちにはけっしてわからないところに行ってしまった。この世を旅立ったいのち、これから生まれようとするいのち、そして動物や精霊の棲まうところへ。

芸術の本質を、「無私無欲」だと言った人がいます。それを知り、わたしはよくわかったような気がしました。人間は「無私無欲」ではないけれども、芸術の本質はそうなのです。人間が作り上げるものでも、そういうことがあるのです。そのようなものであるから、人は芸術を探しもとめ、触れようとし続けてきたのかもしれないと、わたしは思うのです。

こちらではない
むこうに　なにか
むこうから　こちらにむけて　それ
よいものを　なぜ

遠くからあなたを見るわたしはこの生の外にいるだろう。それからしばらくして、あなたに見られていると気づきわたしは生きている人になる。あなたと目が合ったときわたしはあなたを見ていたが、そのときわたしはあなたに見られていた。

遠くからわたしを見るわたしはこの生の外にいる。では、わたしに見られていると気づきわたしは生きている人になるか。生きている人になる。

一つから二つになると　間ができて
そこに　たまらず動きが生じた
見つめる　そのときにはもうたがいに

誰か生きると命が生きている
生きるのがわたしでなくてもそこには生が
生があればよろこびも

人としてこの地上に生きることが
明らかなこととして感じられるように

わたしの見ているあなたと
あなたの見ているわたしの
うつしあう創造

そのときだ
太陽が輝きはじめたのは

思ってもみないことだった
思ってもみないことは続いた
命が生まれ　人も生まれた

光はすばらしかった
なにもかもが感じられる
おそれずに地を歩き
鳥が飛ぶのを見た

ああ
もう飛んでもわからない

空は変わってしまった
太陽と
あったもののいっさいが
なくなってしまう
それではどうしても
人は抑え難かったのだから
太陽を願い　うつしとった

そのときもあの太陽は
どこかにあるのだ
ないというのはいけない
すこしの間　見えないだけで
いま遠いひとを明るくしている
きみは生きる

そのあいだ　わたしたち
人は　人でありながら　灯す
太陽のもと　太陽にならい

人は外に自然を見た
口をつぐみ
人は
ひとつ　またひとつ
心にうつし
ままごとをした

内なる自然がみずからを
ほかでもない人であると認め
明らかにすることだった

わたしを主体にし
生涯をかけて人になろうとして

それは創造だ

そのひとはしんじるひと
ひとにむき　ひととおもう
ひとにむき　きぼうとおもう
きぼうにむき　ひととおもう
きぼうにむき　きぼうとおもう

太陽の光はどんなに小さなどんなに低いところまでもたどり着き
尽きることがなかった
無数のわたしたちひとりひとりはその光をひとしく受けとった

わたしたちひとりひとりは立つ場所がすこし離れているというだけで
たったひとりで固有の光を受けとった
せいいっぱい受けとった

明るい地上には　あなたの姿が見える

鏡のようにわたしたちは見つめあってもいいのだ
わたしの見ているあなたは　あなたの見ているわたしにひとしいか
そこに見つけたものを何と呼ぼう

この空のもと　草花とともに

地上に存在していることは　それ自体　祝福であるのか

わけると　ふえる
わかれていると　あらわれる

無名の

空間というのは　そういうふうに
そのものとして自然なものに戻っていくように生まれてくるのだろう

その人が　強められ

人にとって　人は　人しかいない

空のほうがおおきかった

わたしよりもはるかな
懐かしいものはひとりでに

それはどこからともなく顕われて
この身を超え出るとき
どうしてだろう
ほがらかに小さく笑った

わたしは笑っていたのだ
なにかを感じたのではなく
そこにはなにごともないのに

わたしは生きていた
生まれたのかもしれない

4　ひかり　あさ……　2011.3　「PHPスペシャル」2011年7月号（初出時タイトル「そういうふう」）
＊本稿は美術作品として制作され、2011年9月佐賀町アーカイブ COLLECTION plus, 2
「内藤礼」展において展示された

6　なににもならなくていいよ……　2003　「en-taxi」vol.3 Autumn 2003

10　じっとした……　2002.8　『地上にひとつの場所を』筑摩書房、2002

16　まだ暗いうちに目を覚まして……　2006　「思想」第994号（初出時タイトル「母型」一部加筆修正）

25　シュクフクウバウコトノデキナイソンザイ
ホンライ……　「内藤礼　地上にひとつの場所を」第47回ヴェネツィア・ビエンナーレ日本館、
国際交流基金、1997

26　そこにいて私は泣いた……　2000.9　「AXIS」November-December 2000

30　生まれたばかりの子供は……　2001.10　「内藤礼　このことを／直島・家プロジェクト きんざ」直島コンテンポラリーアート
ミュージアム／ベネッセコーポレーション、2002

32　シュクフクムジョウケンノソンザイ
ヒトリデニ……　「内藤礼　地上にひとつの場所を」第47回ヴェネツィア・ビエンナーレ日本館、
国際交流基金、1997

34　土地、闇、光、そのどれもが……　「文學界」2005年10月号
＊本稿は《このことを》家プロジェクト「きんざ」、2001について書かれた（以下同）

35　生まれて来るひとは……　「文學界」2005年11月号
《このことを》家プロジェクト「きんざ」、2001

36　ひとりになると……　「文學界」2005年12月号
《このことを》家プロジェクト「きんざ」、2001

38　闇とも　光とも　いえない……　2002.4　「内藤礼　このことを／直島・家プロジェクト きんざ」直島コンテンポラリーアート
ミュージアム／ベネッセコーポレーション、2002

41　ふるっとなにかにうながされて……　「文學界」2006年4月号
《みごとに晴れて訪れるを待て》国立国際美術館、1995

42　昼を深深と暗くして……　「文學界」2006年5月号
《みごとに晴れて訪れるを待て》国立国際美術館、1995

43　そこに源がひとつでもあれば……　「文學界」2006年6月号
《みごとに晴れて訪れるを待て》国立国際美術館、1995

45　天使は一心に……　「文學界」2006年10月号
《Being Called》カルメル会修道院、1997

46　そこから人の姿を探し……　「文學界」2006年11月号
《Being Called》カルメル会修道院、1997

47　くさり編みをした糸は……　「文學界」2006年12月号
《Being Called》カルメル会修道院、1997

49　こまやかな光や色を招きいれる……　「文學界」2006年7月号
《地上にひとつの場所を／Tokyo 2002》ライスギャラリー by G2、2002

50　体を小さく、横たえる……　「文學界」2006年8月号
《地上にひとつの場所を／Tokyo 2002》ライスギャラリー by G2、2002

51　私には見えないけれど……　「文學界」2006年9月号
《地上にひとつの場所を／Tokyo 2002》ライスギャラリー by G2、2002

53　そこにあるだろう……　「文學界」2006年1月号
《返礼》アサヒビール大山崎山荘美術館、2005

54　いつもすべてが目前に……　「文學界」2006年2月号
《返礼》アサヒビール大山崎山荘美術館、2005

55　なにもなく、水のあったところに……　「文學界」2006年3月号
《返礼》アサヒビール大山崎山荘美術館、2005

57　ゆっくりとそうなっているのよ……　「文學界」2007年3月号
《返礼》佐久島弁天サロン・野外、2006

58　海から、どこへでも……　「文學界」2007年4月号
《返礼》佐久島弁天サロン・野外、2006

59	興奮を言葉にしないでその力を……	「文學界」2007年5月号 《返礼》佐久島弁天サロン・野外、2006
60	どんな力で放ってもそれは……	「文學界」2007年6月号 《返礼》佐久島弁天サロン・野外、2006
61	それはわたしにはまねできない……	「文學界」2007年7月号 《返礼》佐久島弁天サロン・野外、2006
63	図は地に、地は図に……	「文學界」2007年1月号 《母型》青森県立美術館、2006
64	見ているとき、わたしはそこに……	「文學界」2007年2月号 《母型》青森県立美術館、2006
65	目が明くまえも明いたあとも……	「文學界」2007年8月号 《母型》2007
66	ほら、ゆうゆうと侵入……	「文學界」2007年9月号 《母型》2007
68	草花が太陽に向くように……	「文學界」2007年10月号 《無題(通路)》大和ラヂエーター製作所ビューイング・ルーム、2007
69	いまになって、足跡から……	「文學界」2007年11月号 《無題(通路)》大和ラヂエーター製作所ビューイング・ルーム、2007
71	鳥の声がする……	「文學界」2007年12月号 《母型》入善町 下山芸術の森 発電所美術館、2007

74	強いものに……	2003.8.29	未発表私記
76	あらんかぎりの大きな声を……	2003.8.30	未発表私記
78	出ると……	2003.8.31	未発表私記

80	そこに見えているのに……	2003.9.2	未発表私記
84	どうか無力すらつぶれるほどの……	2003.9.3	未発表私記
86	わたしが見ていなくても……	2003.9.4	未発表私記
88	ここにはなにもないよ……	2003.9.8	未発表私記
90	身をかがめ無底の底へ……	2003.9.10	未発表私記
92	夕暮れの空がきれいだから……	2003.9.11	未発表私記
94	じぶんはこの生きた体と心だけを……	2003.9.14	未発表私記
98	田舎道を何日も……	2003.9.19	未発表私記
102	たくさんの空を見た……	2011.1	「内藤礼―明るい地上には あなたの姿が見える」水戸芸術館現代美術センター、2019
104	窓のむこうに木が揺れる……		「PHP スペシャル」2011年6月号（初出時タイトル「そういうふう」）
106	空はいつも上にある……		「PHP スペシャル」2011年5月号（初出時タイトル「そういうふう」）
108	島を巡る……		「山形新聞」2006年12月21日他、共同通信配信（初出時タイトル「佐久島」）
110	あのとき沈黙するひとつの息に……		「東奥日報」2006年12月1日他、共同通信配信（初出時タイトル「メルボルン」）
112	そのときわたしは……		「東奥日報」2006年12月29日他、共同通信配信（初出時タイトル「パリ」）
116	祝福の　無条件の　存在		『地上にひとつの場所を』筑摩書房、2002
118	わたしをはなれ……	2002.7.1 2013.9.5	「反重力 浮遊｜時空旅行｜パラレル・ワールド」豊田市美術館、2013
122	蓮池に真白の鷺……	2015.10	『鎌倉からはじまった。「神奈川県立近代美術館 鎌倉」の65年』神奈川県立近代美術館編、Echelle-1、2015
126	ものはうまれてくる……	2013.3	「椿会展 2013 ―初心―」資生堂ギャラリー、2013
128	右手は左手をつつみ……	2015.3	「椿会展 2015 ―初心―」資生堂ギャラリー、2015

130	生まれて来たのにわたしたちは……	2018.9	「内藤礼―明るい地上には あなたの姿が見える」水戸芸術館現代美術センター、2019
132	眠りから覚めていると……	2016.4.15	「椿会展 2016―初心―」資生堂ギャラリー、2016
138	作品を前にしたとき……	2018.8-2019.8	書き下ろし
140	作るという考えは……	2018.8-2019.8	書き下ろし
142	作品は人の内部で……	2018.8-2019.8	書き下ろし
144	完成するそのときまで……	2018.8-2019.8	書き下ろし
146	制作の初期に……	2018.8-2019.8	書き下ろし
148	作品が生まれようとする場に……	2018.8-2019.8	書き下ろし
150	作品は生まれようとする過程で……	2018.8-2019.8	書き下ろし
152	それまで感じ……	2018.8-2019.8	書き下ろし
154	生と死を幾度も繰り返す……	2018.8-2019.8	書き下ろし
156	何かが顕われてくる瞬間を……	2018.8-2019.8	書き下ろし
157	そしてまた、作品を……	2018.8-2019.8	書き下ろし
158	片づけるように言われ……	2018.8-2019.8	書き下ろし
160	ほかのひとにとっては……	2018.8-2019.8	書き下ろし
161	たましいの中心の自由……	2018.8-2019.8	書き下ろし
162	こちらではない……	2018.8-2019.8	書き下ろし
163	ひかり……	2018.8-2019.8	書き下ろし
164	戻る場所があった……	2018.8-2019.8	書き下ろし
166	目を瞑るときはひとり……	2018.8-2019.8	書き下ろし
168	無垢は没頭している	2018.8-2019.8	書き下ろし
170	あなたの丸い小さな体……	2018.8-2019.8	書き下ろし

174　空を見てよかった　2018.8-2019.8　書き下ろし

176　それは人間、生者のしるし……　2018.8-2019.8　書き下ろし

178　芸術の本質を……　2019.1.25　第60回毎日芸術賞贈呈式スピーチ原稿より抜粋

180　こちらではない……　2018.8-2019.8　書き下ろし

182　遠くからあなたを見る……　2018.8-2019.8　書き下ろし

184　一つから二つになると……　2018.8-2019.8　書き下ろし

186　人としてこの地上に……　2018.8-2019.8　書き下ろし

188　わたしの見ているあなたと……　2018.8-2019.8　書き下ろし

190　そのときだ……　2018.8-2019.8　書き下ろし

195　人は外に自然を見た……　2018.8-2019.8　書き下ろし

198　そのひとはしんじるひと……　2012.8　「地上はどんなところだったか」ギャラリー小柳、2012

200　太陽の光は……　2017.9　「内藤礼―明るい地上には あなたの姿が見える」水戸芸術館現代美術センター、2019　＊本稿は2017年テルアビブ美術館「REI NAITO　TWO LIVES」展において、アーティストステートメントとして発表された

202　地上に存在していることは……　アーティストステートメント（初出不明）

204　わけると　ふえる……　2002.6　『地上にひとつの場所を』筑摩書房、2002（一部修正）

205　無名の　1993頃　作品タイトルより

206　空間というのは……　『豊島美術館ハンドブック』直島福武美術館財団、2011

208　その人が　強められ　「Rei Naito　Being Called」フランクフルト近代美術館、1997

209　人にとって……　2012　「内藤礼　信の感情」パリ日本文化会館、2017

210　空のほうがおおきかった　2019.10　書き下ろし

212　わたしよりもはるかな……　2015.7　『内藤礼｜1985-2015　祝福』millegraph、2015

カバー作品
内藤 礼
color beginning
2019
キャンバスにアクリル絵具
24.2 × 35.4 cm

P136-137
color beginning
2019-2020
キャンバスにアクリル絵具
24.2 × 33.3 cm

装幀　下田理恵

内藤礼　ないとう・れい｜美術家

1961年広島生まれ。1985年武蔵野美術大学造形学部視覚伝達デザイン学科卒業。1991年佐賀町エキジビット・スペースで「地上にひとつの場所を」を発表。同作品は1997年に第47回ヴェネツィア・ビエンナーレ国際美術展の日本館においても展示された。主な個展に、「Being Called」(カルメル会修道院、フランクフルト、1997年)、「すべて動物は、世界の内にちょうど水の中に水があるように存在している」(神奈川県立近代美術館 鎌倉、2009年)、「信の感情」(東京都庭園美術館、2014年)、「TWO LIVES」(テルアビブ美術館、2017年)、「明るい地上には あなたの姿が見える」(水戸芸術館現代美術ギャラリー、2018年)。パーマネント作品に、「このことを」(家プロジェクト きんざ、ベネッセアートサイト直島 2001年)、「母型」(豊島美術館 2010年)。作品集に、『内藤礼｜1985-2015 祝福』(millegraph)がある。

空《そら》を見《み》てよかった

著者　内藤《ないとう》 礼《れい》

発行　2020年3月25日
4刷　2024年9月30日

発行者　佐藤隆信
発行所　株式会社新潮社
〒162-8711 東京都新宿区矢来町71
電話　編集部 03-3266-5411
読者係 03-3266-5111
https://www.shinchosha.co.jp

印刷所　大日本印刷株式会社
製本所　加藤製本株式会社

乱丁・落丁本は、ご面倒ですが小社読者係宛お送り下さい。
送料小社負担にてお取替えいたします。
価格はカバーに表示してあります。

ISBN978-4-10-353171-5 C0070